Jeremy Ja
Backy

y Jacob's
ackyard